NORDWIND VERLAG
Asperg

Poyraz – der Nordwind

P ist die Power, die Kraft, die uns erweckt
O ist die innere Organisation, die dahinter steckt
Y ist „yell", der Schrei, der in uns singt
R ist die sanfte Rache, die uns die Freiheit bringt
A steht für A mor, A utonomia, A narchia
Und beschreibt uns den Weg
Nur wer A mor, die Liebe verinnerlicht und lebt
Wird irgendwann A utonom, unabhängig und frei
Dann ist der Weg geebnet zur A narchie
Einer ORDNUNG ohne Herrschaft und liebevoll dabei
Öffne auch Du die Augen und sieh
Das alles liegt in **Z** im Zentrum in Dir
Es ist gar nicht schwer, bitte glaub mir
Ich bin „Poyraz – der Nordwind", blase weg Deinen Schmerz
Das einzige, was Du tun solltest: Öffne Dein Herz.

Vom Traum
Zur Welt
Und dann
Zurück…

© Nordwind Verlag, Bogenstr.3/1, 71679 Asperg
Alle Rechte der Verbreitung, auch durch
Fernsehen, Funk, Film, fotomechanische Wiedergabe,
Bild- und Tonträger jeder Art, sowie auszugsweiser
Nachdruck vorbehalten
Seitenlayout, Druckvorstufe:
Bernd Härle, Solitudeallee 30, 71636 Ludwigsburg
Druck und Bindung:
PRESSEL Digitaler Produktionsdruck
Olgastr. 14-16, 73630 Remshalden

ISBN 978-3-9814586-0-2

„Wir sind nur gekommen, ein Traumbild zu sehen, wir sind nur gekommen zu träumen, nicht wirklich, nicht wirklich sind wir gekommen, auf der Erde zu leben."

Tochihuitzin Coyolchiuhqui
(aztekischer Dichter, um 1419)

zitiert aus: Carlos Castaneda, „Die Kunst des Träumens"

HINTER DEN NEBELN

Schlafwache

Hab über Deinen Schlaf gewacht
In jener kalten, dunklen Nacht
Während Du im Traum entschwunden bist
Hab ich kein Auge zugemacht

Du warst zurückgekehrt von langer Reise
Warst älter, müde und auch weise
Dein Zorn war verraucht und Du sprachst
Deine Worte klar und leise:

Hab über seinen Schlaf gewacht
In jener kalten, dunklen Nacht
Während er im Traumesland entschwand
Hab ich kein Auge zugemacht

Ich gab Dir zu Essen und zu Trinken
Sah Dich den Kindern lächelnd winken
Gab Dir ein Bett und eine Decke
Und Dich in tiefem Schlaf versinken

Schlafend sprachst Du jene Worte
Voll Demut, von erlesener Sorte
Als wüßtest Du, ich begleite Dich
An alle Deine Traumesorte

Danke für die lange Wacht
In dieser dunklen, kalten Nacht
Ich hab geträumt so lange Zeit
Und bin nun wieder aufgewacht

Es ist wahr

Meine Augen waren verschlossen
Ich war tief im Traum
Ein Engel sprach zu mir
Durch Zeit und Raum

Sie sagte sei ruhig
Deine Zeit ist schon da
Ich konnte es nicht glauben
Doch jetzt ist es wahr

Ich wollte nicht gehen
So wohl war es mir
Ich konnte nicht sehen
Doch stand ich vor Dir

Dein Bote kam zu mir
Ein weiteres Mal
Mit froher Botschaft
Und deutlichem Signal

Glaube, mein Freund
Ist Bezwinger von Bergen
Noch immer Verwandler
Zu Riesen von Zwergen

Du hast diesen Glauben
Schon immer besessen
Vielleicht über die Jahre
Manchmal vergessen

Doch eins war und ist
Und wird sein sonnenklar
Du selbst bist das Wunder
Machst selbst Träume wahr

Traumhaft

Die Augen hab ich fest verschlossen
In mir drin, da seh ich Dich
Hab wieder einmal beschlossen
Zurückzukehren tief in mich

Am Abend sink ich leis zurück
Erkunde nicht entdeckte Stellen
Öffne meinen inneren Blick
Laß mich tragen von Deinen Wellen

Nur langsam stellt der Schlaf sich ein
Doch dann plötzlich tauch ich ab
Mitten in den Raum hinein
Wo ich mich zu Dir begab

Wir reisen durch die Zeit zurück
Zu dem Tag unserer Begegnung
Und sind dann für einen Augenblick
Still und ohne eine Regung

Mein Atem stockt, jetzt seh ich Dich
Ganz klar vor meinen Augen
Leise sagst Du „ich liebe Dich"
Und ich möchte es so gern glauben

Die Worte sind so leicht gesagt
Doch sind sie wirklich dauerhaft
Doch waren sie an jenem Tag
Für mich zu hören einfach traumhaft

Ein Traum von Ewigkeit

Ich bin im Moment verschwunden
Ich war an die Form gebunden
Die Seele hat sich nun endlich befreit
Der Körper steht zur Reise bereit

Das Leben scheint nun zu beginnen
Freiheit! Schreit es von Innen
Hab nun den Schlüssel gefunden
Nicht mehr an Formen gebunden

Dein Lächeln strahlt mich nun an
Hab das Gefühl, daß ich kann
Dich zu lieben und doch loszulassen
Ich kann es noch immer kaum fassen

Du begleitest mich durch Tag und Nacht
Du bist eine himmlische Macht
Ich hätte das niemals gedacht
Was freie Liebe ausmacht

Du bist im Traum und im Wachen
Mit Dir ist immer gut Lachen
Mit Dir will ich alles neu machen
Will mich befreien von Sachen

Die mich so gefangen hielten
Von Blicken, die zu mir schielten
Und dachten: Sieh Dir den an!
Was ist das für ein Mann

Sie dachten ich bin nur ein Spinner
Doch mit Dir bin ich jetzt Gewinner
Ein Träumer und Lebemann
Einer, der fast alles kann

Ich hatte einen Traum, der mir sagte
Ein alter Mann, der mich fragte
Worauf wartest Du denn nur mein Sohn
Lebe und nimm Dir den Lohn

Für all Deine Arbeit und Schaffen
Ignoriere das alberne Gaffen
Halte Dich weiter bereit
Für die Reise in die Ewigkeit

Ich will leben

Hörst Du mich, hör diese Stimme
Gesandt zu Dir von hier ganz unten
Durchschreitet sie jetzt all die Himmel
Ist nicht mehr an die Erde gebunden

Ein Aufruf geht an euch Sternenkrieger
Bringt uns das Licht des Lebens zurück
Macht uns hier unten endlich zu Siegern
Gebt uns wieder die Liebe zurück

Macht uns zu Helden auf dieser Erde
Verzückt uns mit Eurer Anwesenheit
Und ich weiß jetzt, ich selbst werde
Ein Teil von Eurer Ewigkeit

Ich will leben und schrei es hinaus
Hinaus zu Euch Sternen dort oben
Die Erde ist unser aller Zuhaus
Mit Euch dort draußen in Liebe verwoben

Ihr Engel schenkt uns Eure Kraft
Licht in die Dunkelheit zu bringen
Gemeinsam haben wir geschafft
Die Zeit der Trauer zu bezwingen

Doch jetzt ist es Zeit, Euch uns zu zeigen
Und uns Eure Freude zu geben
Reiht auch ihr Euch in den Reigen
Wir wollen`s alle, wollen leben

Geh noch nicht

Bitte bleib und halt mich fest
Es ist noch nicht Zeit zu gehen
Auch wenn Du jetzt schon müde bist
Ich will noch in Deine Augen sehen

Schließe sie noch nicht, bleib wach
Bitte sei für mich so lieb
Bitte denk noch einmal nach
Ob es nicht noch Chancen gibt

Ich will so sehr die Wärme spüren
Die Du in mein Herz einpflanzt
Möchte Deine Haut berühren
Möchte, daß Du für uns tanzt

Den Tanz der Liebe nur für uns
Damit wir die Welt vergessen
Verzücke uns mit Deiner Kunst
Du hast sie schon immer besessen

Diese Gabe, die Leichtigkeit
Mit der Du mich von hier entführst
Ein Moment wird Ewigkeit
Wenn Du mich nur sacht berührst

Heb die Hände, umarme mich
Du Wesen einer anderen Welt
Ich will Dir sagen: Ich liebe Dich
Du bist wie für mich bestellt

Wenn Du da bist, kann keine Macht
Auch nur in meine Nähe kommen
Wie am Tage, so in der Nacht
Hast Du mir die Angst genommen

Selbst wenn Du weggehst, bist du hier
Ich trag Dich tief in meinem Herzen
Du bist stets ein Teil von mir
Du bist die Labsal aller Schmerzen

Drum sag ich Dir, schlaf noch nicht ein
Ich schmieg mich zu Dir hin, ganz dicht
Bitte laß mich nie allein
Bitte Liebes, geh noch nicht

Die Vision

Ich kann es sehen und doch nicht zeigen
Ich glaube fest, es ist soweit
Die Kraft zu teilen, die mir zu eigen
Ich bin nicht allein in dieser Zeit

In meinen Träumen wart Ihr dort
Ihr, die ich wieder finden will
Mach mich auf den Weg – sofort
Um mich herum wird es nun still

Nicht die Augen weisen den Pfad
Nein, das Herz nur kennt den Weg
Weiß die Kunst, zu drehen das Rad
Dieses Lebens – Liebesbeleg

Die Vision ist in uns gepflanzt
Für all jene, die dran glauben
Wir haben schon zusammen getanzt
Und werden es uns wieder erlauben

Dessen bin ich mir gewiß
Daß wir zusammen kommen werden
Wenn der Kampf gefochten ist
Für unser Paradies auf Erden

Langes Erwachen (Geburt ohne Ende)

Der Schleier, der meinen Geist belegt
Hat sich schon oft und sacht bewegt
Hat Kapriolen geschlagen, sich verdichtet
Es schien schon oft, daß er sich lichtet

Dahinter strahlt ne Welt mich an
Sie läßt erahnen, daß ich es kann
Dem grellen Licht die Stirn zu bieten
Mich in der Welt doch einzumieten

Manchmal ahne ich, mein Platz
In jener Welt ist vorbestimmt
Enthüllt sich mir im nächsten Satz
So daß die Welt die Angst mir nimmt

Doch nein, so leicht wird´s nicht gemacht
Nach jedem Tag kommt stets die Nacht
Die Augen, die scheinbar zu sehen beschlossen
Werden bald darauf wieder verschlossen

Die Spirale dreht sich immer weiter
Die nächste Sprosse auf der Leiter
Hast Du erklommen, doch denke nicht
Daß Erkenntnis Erlösung Dir verspricht

Denn dies ist eine Einbahnstraße
Den Weg zurück gibt es nicht mehr
Zerbrochen ist Deine Seelenvase
Die Flut der Fasern strömt ins Meer

Du kannst Dich dieser Macht nicht wehren
Lerne einfach, sie zu ehren
Der Lebensstrom, er reißt Dich mit
Willst Du sein, dann halte Schritt

Blendend, gleißend Licht Dich leitet
Dunkelheit Dich stets begleitet
Schaffe Einklang, daß man auch sieht
Daß dies alles wirklich geschieht

Die Pole sind jetzt in Bewegung
Keine Chance für starren Halt
Die von Dir ersehnte Begegnung
Liegt in der Lichtung dieses Walds

Nein, nein, keine Panik Kleiner
Du bist von all den Vielen Einer
Der vor der Zeit Erweckung findet
Du hast Dich lang genug geschindet

Dein Glaube wurde oft genug getreten
Mit Füßen, mitten in Deinem Beten
Verzweifelt, nicht erreichen zu können
All den Blinden Einsicht zu gönnen

Doch weißt Du schon lange, das Wunder Zeit
Ist nicht zu lösen durch Deine Eile
Halte Dich weiterhin bereit
Halte inne und dann weile

In Deinem Königreich der Liebe
Schau weiter in Dich und dann siebe
All Deinen Haß aus und den Zorn
Vergiß auch nicht das letzte Korn

Der Freiheit hast Du Dich verschrieben
Hast der Liebe Lieder geschrieben
Willst Du die Freiheit einst erlangen
Töte in Dir das Verlangen

Töten zu wollen der Liebe wegen
Diesem Trugschluß sind auch schon vor Dir, Lieber
Schon so viele gern erlegen
Schreib Du weiter Deine Lieder

Auch wenn Dein Herz jetzt Tonnen wiegt
Nie wird es sein, daß Haß obsiegt
Niemals die Liebe unterliegt
Der Quell der Wahrheit je versiegt

Ich weiß mein Stachel sitzt sehr tief
Es sind die Geister, die ich einst rief
Wegbegleiter all der Wesen
Die da sind und einst gewesen

Und all jener, die noch werden
Wandeln hier auf Mutter Erden
Doch dies eine glaube mir
Dazu sind wir schließlich hier

Versöhnung schaffen wir hier unten
Für all jene, die gebunden
Zwischen den Welten darauf warten
Einlaß zu finden in den Garten

Der uns dereinst bereitet war
Und noch immer darauf wartet
Jeden Tag und jedes Jahr
Daß einer den Versuch mal startet

Mit ganzem Herzen zu erbeten
Erhobenen Hauptes einzutreten
Nicht mit Angst, doch mit Respekt
Voller Stolz und nicht versteckt

Auch wenn wir voller Fehler sind
Sind wir doch des Einen „Kind"
Geschöpfe der Liebe und der Freude
Die Erde ist unser aller Gebäude

Unser aller Heim und Land
Nicht geschenkt, geliehen als Pfand
Um sie den Kindern zu übergeben
Denn sie sind das neue Leben

Das ewige Rad, das sich stets dreht
Niemals hält und niemals steht
Der Wind, der ewig Frische weht
Der Weg, der nie zu Ende geht

Der Eintritt

Du hast die Tür leicht aufgemacht
Jetzt steh ich da und wunder mich
Ich hätte so was nie gedacht
In jedem Ding stecke auch ich

Ich weiß nicht, wie Du das machen kannst
So voller Leichtigkeit und Glanz
Du bist nur da und übermannst
Jeden durch Deinen Lichtertanz

Einsamkeit ist nur noch Wort
Das uns an alte Formen bindet
Wir treten ein in jenen Ort
Wo alle Form einfach verschwindet

Das Band zwischen uns ist längst gebunden
Körper sind Träger reinen Lichts
Die Abgründe sind überwunden
Wir sind jenseits des großen Nichts

Eins zu sein und trotzdem ich
Der um seine Unzulänglichkeiten weiß
Dabei zu leben auch für Dich
Ist für mich wie der Beweis

Daß wir hier nur Einlaß haben
Die Güte dieser Welt zu teilen
Teilzuhaben an all den Gaben
Kurze Zeit hier nur verweilen

Man muß nicht wollen, sondern sein
Nicht Augen öffnen, sondern das Herz
Nur durch die Liebe ganz allein
Befreien wir uns von dem Schmerz

Denn die Gabe mitzunehmen
Was wir an Liebe hier erfahren
Sie ist uns allen mitgegeben
Diese auf ewig zu bewahren

Neujahrssegen

Mögen Engel euch behüten
In Nächten tiefer Traurigkeit
Niemals sollt ihr je ermüden
Im Kampf um die Gerechtigkeit

Glück soll euch stets begleiten
Auch wenn alles widrig scheint
Weisheit möge euch stets leiten
Vergeßt nicht: Ihr habt einen Freund!

Sonsuz mücadele

Bıktın diyorsun arkadaş
Yaralarını bağlamaktan
Kalmadı gözlerinde yaş
Bıktın her gün ağlamaktan

İçindeki yara savmıyor
Çünkü dünya her gün ağlıyor
Sanki bir hiç uğruna
Kardeş kardeşi vuruyor

Neden diyorsun kendine
Öfke doluyor için
Saygı kalmadı birbirlerine
Bu kavga bu kin n`için

Her an korku içinde
Aceba nedir bu yolun sonu
Aceba hangi biçimde
Çözülecektir bu konu

Sonsuza dekmi sürecek
Daha kaç insan can verecek
Yoksa bir gün insanoğlu
Gerçekten değişecek

Çıkmışız sonsuz bir yola
Birbirimizi kıra kıra
Kardeş kardeşi vura vura
Dinmeyecektir bu yara

Inan kardeşim benim
Bende yaşamak isterim
Değişik olsam bile
Düşmanın değilim senin

Bir gün gelde gör beni
Bilki bende insanım
Inşallah bende seni
Kardeş diye anarım

Birbirimizi göremessek
Birbirimize saygı veremessek
Yaşanmaz bu dünyada
Ağlarız bile rüyada

Içimizde bir zehir
Korkarak birbirimizden kaçmak
Inan hiçde zor değil
Birbirimize kol açmak

Ben seni mutlu bildikçe
Içime güneş doğar
Öfkeyi ve kini sildikçe
Hepimize istiklal

Endloser Kampf
Übersetzung von Sonsuz mücadele:

Du hast genug, sagst Du mein Freund
Vom Verbinden Deiner Wunden
Hast keine Tränen mehr in den Augen
Hast genug vom täglichen Weinen

Die Wunde in Dir drin heilt nicht
Weil jeden Tag die Welt am Weinen ist
Scheinbar für ein simples Nichts
Schlägt der eine Bruder den anderen

Du fragst Dich selbst: Warum?
Und Zorn erfüllt Dich innerlich
Sie haben keinen Respekt voreinander
Warum nur dieser Streit und Haß

Jeden Moment lebt die Angst in Dir
Was nur ist das Ende dieses Weges
Auf welche Art und Weise
Wird diese Sache wohl gelöst werden

Wird dieser Kampf wohl ewig dauern
Wie viele Menschen werden noch ihr Leben lassen
Oder wird eines Tages wohl die Menschheit
Sich tatsächlich einmal ändern

Wir haben uns auf eine endlose Reise begeben
Wir verletzen uns ständig gegenseitig
Geschwister töten sich gegenseitig
So wird diese Wunde nicht heilen

Bitte glaube mir mein Bruder/meine Schwester
Auch ich will einfach nur leben
Selbst wenn ich anders sein sollte als Du
So bin ich doch nicht Dein Feind

Komm eines Tages und sieh mich an
Und wisse, auch ich bin nur ein Mensch
So werde auch ich, so Gott will
Dich als Bruder/Schwester in Erinnerung behalten

Falls wir es nicht schaffen, uns anzusehen
Falls wir es nicht schaffen, uns zu respektieren
Dann läßt sich nicht leben auf dieser Welt
Dann werden wir selbst in unseren Träumen weinen

Es ist wie ein Gift, das in uns wirkt
Voller Angst voreinander davon zu laufen
Glaub mir bitte, es ist gar nicht schwer
Uns gegenseitig mit offenen Armen zu begegnen

Solange ich weiß, daß Du glücklich bist
Geht in mir drin die Sonne auf
Sobald wir schaffen Zorn und Haß zu verbannen
Erlangen wir alle gemeinsam wahre Freiheit

Spuren im Schnee

Ich schau zurück ein letztes Mal
Und sehe die Spuren, die zu mir führen
Ich hatte nie wirklich eine Wahl
Drum verschließ ich jetzt die Türen

All die Tore und alle Brücken
Verschlossen und auch abgebrannt
Zerschlagen zu endlos vielen Stücken
Alle Straßen durchgerannt

Spuren im Schnee hab ich gelassen
Doch dieser ist schon längst geschmolzen
Und ich kann es noch kaum fassen
Dieses große Herz, das Stolze

Das jetzt hervorgetreten ist
Und nach Recht und Liebe schreit
Ich habe es viel zu lang vermisst
Nun habe ich es doch befreit

Jetzt wende ich den Kopf nach vorn
Den Blick zurück gibt es nicht mehr
Hinter mir liegt Wut und Zorn
Durchquert ist auch das Tränenmeer

Der Wind der Freiheit hat mich getragen
Über dieses große Wasser
Ein Ende hat nun endlich mein Klagen
Die Liebe wähl ich, bin kein Hasser

Die Spuren die ich von nun an mache
Sind Spuren von tief in mir drin
Sie sind nur meine eigene Sache
Bis ich endlich bei Dir bin

Dieses eine ist mir jetzt klar
Den Weg zurück gibt es nicht mehr
Dieses wundervolle Jahr
Wird sehr bald zum Freudenmeer

Der Bergkristall

Hallo Rainer, wach auf, mein Freund
Wir haben zusammen zu lang geträumt
Haben die Welt zu lang verschlafen
Zu oft schon unsere Chance versäumt

Sieh nur draußen der Morgentau
In unseren Bärten das erste Grau
Doch schlagen wir den gleichen Takt
Mit unseren Herzen zu dieser show

Gesegnet sei der Nachmittag
Als ich dösend in der Schule lag
Schöne Musik mich aus der Tiefe holte
Aus dem Dunkel in den hellen Tag

„Cocheese" sang mir vom Baggersee
Mir taten noch die Augen weh
Geblendet von Licht, betört von Worten
Die ich noch heute vor mir seh

Sie sagten uns: Jetzt oder nie!
Liebe, Freiheit – ANARCHIE
Ich wusste nicht, was sie bedeuten
Doch sie drangen in meine Phantasie

Ich hab den Tag nie mehr vergessen
Beim Kämpfen, Beten, Lieben, Essen
Wollte verstehen, was sie bedeuten
War von ihnen fast schon besessen

Ich drang in diese Worte ein
Oft war ich dabei mit mir allein
Du hast mich in ihnen oft begleitet
Möge es doch stets so sein

Ich wollte die Worte mit Leben füllen
Wollte ihre Bedeutung der Welt enthüllen
Hab ihr so viele Gedichte geschrieben
Und verlor dabei fast meinen Willen

Ich fühlte mich so oft verlassen
Begann sogar schon Dich zu hassen
Sie fingen mich, sperrten mich ein
Ich fing an, mich anzupassen

Jetzt wollte ich nur noch überleben
Zurück in die Versenkung war mein Streben
So viele Dämonen befielen mich
Und trachteten nach meinem Leben

Immer tiefer sank ich hinab
Sah mich selbst schon in meinem Grab
Wollte mich schon selbst aufgeben
Konnte nicht sehen, wie viel ich hab

Ich hatte meine Familie um mich
Sie sagten die Ärzte kümmern sich
Dank und Segen sei ihnen allen
Und zum Glück hatte ich auch Dich

Ein Freund bist Du immer gewesen
Hast mit mir Carlos C. gelesen
Hast mit mir geraucht, getanzt, gelacht
Du blicktest schon immer in mein Wesen

Auch wenn eine lange Zeit verstrich
Auch wenn ich wütend war auf Dich
Tief in mir drin wußte ich immer
Du bist ein wahrer Freund für mich

Jetzt sind wir Väter und Ehemänner
Wir zwei tief verträumte Penner
Es ist Zeit jetzt aufzuwachen
Denn wir sind auch Lebenskenner

Ich nehm Dich mit auf jeden Fall
Ich werd Dich finden – überall
Auch ich will ein wahrer Freund Dir sein
Grüße schickt Dir der Bergkristall

Die Last fällt ab

Nur langsam zwar, doch ich kann`s fühlen
Wie die Kräfte Mut hochspülen
Eine große Last fällt langsam ab
Jetzt hat es endlich doch geklappt

Leichter, mit beschwingten Schritten
Steh ich da danach – inmitten
All dem Müll der noch vor Kürze
Mich um ein Haar zu Boden stürzte

Ich kriech nicht mehr – bin aufgestanden
Weiß jetzt, die Kraft ist doch vorhanden
Trümmer auch wieder aufzubauen
Harte Kost auch zu verdauen

Richt mich auf und strecke mich
In Gedanken seh ich Dich
Du Macht, die mich niemals verläßt
Mein Glaube ist jetzt wieder fest

Die Zeit, die mich so lang erdrückte
Dunkelheit, die Überbrückte
Öffnet sich jetzt neuem Licht
Es strahlt mir mitten ins Gesicht

Ein Lächeln macht sich darauf breit
Und es ist für mich soweit
Die nächste Phase einzuläuten
Ich frag mich, was mag das bedeuten

Doch weiß ich eins und das genau
Welche Träume ich auch immer bau
Die Macht gibt und nimmt sie auch
So war es stets – so ist der Brauch

Doch sie gibt auch Kraft weiter zu träumen
Verbindung zu schaffen zwischen Räumen
Voller Licht und Dunkelheit
Ich jedenfalls steh jetzt bereit

Vom Traum zur Welt und dann zurück

Vom Traum zur Welt und dann zurück
Nur für einen kurzen Augenblick
Kann ich, mein Freund, bei dir verweilen
Die Stunden und die Tage sie eilen

Kann sie nicht halten, bin nicht von hier
Ich würd so gern bleiben, bitte glaub mir
Doch komm ich von einem ganz anderen Ort
Du nennst es Traum und warst auch schon dort

Doch meist sind die Pforten dorthin verschlossen
Die meisten von uns haben leider beschlossen
Die Welt zu sehen „so wie sie ist"
Doch Du mein Freund weißt wer Du bist

Gesandt, um zu staunen und zu verstehen
Die Augen zu öffnen, um klar zu sehen
Wir sind nur Wanderer durch Raum und Zeit
Halten kurz inne, dann ist es soweit

Den Weg fortzuschreiten und heim zu kommen
Wir haben uns hier nur etwas Zeit genommen
Um Liebe zu spüren aber auch Qual
So sind wir geschaffen, haben doch keine Wahl

Komm mit mir auf den Weg und laß es geschehen
Komm mit und laß uns ein Stück davon gehen
Komm mit, mein Freund, für einen Augenblick
Komm mit vom Traum in die Welt und zurück

Was wenn ...

Du sagst, Du glaubst nicht was ich sage
Du sagst, das kann doch gar nicht sein
Vertrauen schenken dieser Tage
Nur Idioten ganz allein

Ich weiß, Du wurdest oft benutzt
Man hat Dich oft genug verletzt
Man hat Dein reines Herz beschmutzt
Und Dich in Rage und Wut versetzt

Was wenn – nur so als Gedanke
Liebe wirklich heilen kann
Ich glaube, bete und ich schwanke
Was wenn wirklich – was denn dann

Du sagst, mein Traum ist Utopie
Wie soll das jemals wirklich werden
In dieser Welt klappt das doch nie
Wie nur Wahrheit sein auf Erden

Ich weiß, man hat Dir beigebracht
Träumer sind nur Spinner hier
Nimm Dich vor dem Typ in Acht
Doch das eine sag ich Dir

Was wenn ich nur einer bin
Unter vielen Spinnern hier
Glaubend an des Lebens Sinn
Der es teilen will mit Dir

Du sagst, Du hast das oft gehört
Von vielen Menschen um Dich herum
Sie haben Deinen Traum zerstört
So daß Du dastehst, schief und krumm

Ich weiß – kann nicht Dein Leben leben
Ich sag Dir nur, steh wieder auf
Ich kann Dir nur die Liebe geben
Bau Deinen Traum selbst wieder auf

Denn eins, das weiß ich ganz genau
Vieles spricht zwar oft dagegen
Doch das ist, worauf ich bau
Wir haben nur dies eine Leben

Augenblicke

Aneinandergereihte Endloskette
Jeder einzelne voller Magie
Ziehen vorbei wie um die Wette
Festhalten kannst Du sie nie

Streifen manchmal sanft Dein Sein
Lassen Dich manchmal allein
Kehren dann wieder zurück
Nur für einen kurzen Augenblick

Ein anderes Mal bist Du entzückt
Kannst fast gar nicht daran glauben
Wieder andere machen verrückt
Können den Verstand Dir rauben

Versuche nicht sie einzusperren
Nicht die Momente zu verzerren
Sie leben selbst und sie sind frei
So war es stets und bleibt dabei

Steh mittendrin und nicht daneben
Gib ihnen Kraft – gib ihnen Leben
Sie sind Sammler- und auch Einzelstücke
Deines Lebens Augenblicke

Jemand

Wer ist dieser Jemand in mir drin
Gab es ihn schon von Anbeginn
Wird er sich ändern mit der Zeit
Wo führt dieser Jemand mich wohl hin

Was ist dieser Jemand, der zu mir spricht
Ich kenne ihn, doch weiß ich nicht
Wie ich ihn erreiche in diesen Tiefen
So oft versteckt er sein Gesicht

Wochen vergehen oft ohne Zeichen
Wochen, in denen die Kräfte weichen
Tage und Nächte so voller Hoffnung
Ihn schließlich doch noch zu erreichen

Jemand, der kommt und dann wieder geht
Jemand, der mich am Ende versteht
Auch wenn er oft und plötzlich verschwindet
Jemand, der schließlich doch zu mir steht

Du Jemand kennst mich so gut
Du Jemand machst mir oft Mut
Daß ich es doch noch mal schaffe
Zu entfachen die innere Glut

Jemand, der Du doch bist
Jemand, den man vergißt
Willkommen ein weiteres Mal
Jemand, ich hab Dich vermißt

Mondgesichter

Mondgesichter – silbergrau
Nacht ist dunkel – Morgentau
Spinnennetze klebrig süß
Angefeuchtet für Pan Tau

Spiralenförmig – aufsteigwillig
Immer geduldig – stets gesellig
Maskenniederreißend dreist
Offenkundig und dreistellig

Jeden Tagsekundenklauer
Einlullend – selbst auf der Lauer
Spiegelkabinettversteller
Dumm erscheinend – schlauer

Augenfällig Sichtversteller
Tiefe Nächte – Stromverheller
Unser Eigenlichtaufsauger
Seelenspeisend auf dem Teller

Schließ Deine Augen, um zu sehen
Fang ja nicht an, Dich umzudrehen
Blendend gutaussehend stehend
In Dich durch die Angst eingehend

Mondgesichter – Spiegelbilder
SeelenaufstellLustangstschilder
Nimm mich in Dich sagend
Nie mehr Leben wagend

Synthese durch Entgiftung
Lobliedsinger – Dichterstiftung
Sieben – eins danach zu sein
Dreimal Mensch und doch nur Schwein

Allesfressender Geselle
Reitend auf der „Terrorwelle"
Wir müssen uns doch vor uns schützen
Anstatt mal Kopf und Herz benützen

Steckt schon so tief in uns drin
Ist schon immer dagewesen
Seit aller Zeiten Anbeginn
Mächtiges, dunkles Eigenwesen

Wie lange noch Zeit in Dich fressen?
Bis in die Ewigkeit besessen?
Kampf nur des Kampfes wegen?
Sieger oder unterlegen?

Du hattest niemals je die Chance
Das Wunder ist und bleibt Balance
Danke Kleiner – danke sehr
Dunkellichtverschenkermeer

Nebelwunderlicht

Du blickst mich an, doch siehst mich nicht
Maskengleich ist Dein Gesicht
Die Hand so kalt, die Du mir reichst
Ich berühre sie und Du weichst

Zurück und immer weiter weg
Hinter Deine Angst versteckt
Dort in Deiner eigenen Festung
Hab ich Dich scheinbar erschreckt

Ein Flüstern in der Dunkelheit
Der stumme Mann, der lautlos schreit
Und der Wind trägt seinen Hall
Direkt in Deine Einsamkeit

Obwohl Du taub bist, hörst Du jetzt
Diese Kraft hat Dich besetzt
Deine Festung bekommt Risse
Panik in Dir – völlig entsetzt

Doch wieso, frage ich Dich
Aus welchem Grund fürchtest Du mich
Selbst wenn ich anders bin als Du
Tief in Dir drin stecke auch ich

Es ist leicht mein Bruder – glaube mir
Ich bin der andere Teil von Dir
Nur zusammen haben wir die Chance
Auch mal eins zu sein im Hier

Ich weiß, Du willst nur überleben
Laß mich doch die Hand Dir geben
Weise mich nicht mehr zurück
Auch was ich will – ist nur leben

Bitte zeig mir Dein Gesicht
Bitte, bitte weiche nicht
Nicht mehr zurück in Deine Festung
Bitte komm zurück in Sicht
Bitte Nebelwunderlicht

Tränenmeer

Ich will weinen, laß die Tränen fließen
Weinen um die ganze Welt
Will diese Wüste mit Tränen gießen
Will, daß sie einen Moment anhält

Du hast die Zeichen nicht erkannt
Die ich in Liebe zu Dir sandte
Ich schwamm im Meer – Du warst an Land
Erschrakst nur als ich zu Dir rannte

Wellen schlagen über mich
Reißen mich von meinen Beinen
Weit weg am Ufer seh ich Dich
Kniend am Boden um mich weinen

Was noch, oh Herr, kann ich denn sagen
Daß eine Seele mich versteht
Warum nur traut kein Mensch zu fragen
Ob irgendwann der Schmerz vergeht

Will weinen Liebes, in Tränen baden
Will weinen bis endlich Stille ist
Ich fühle mich so schwer beladen
Und frag mich, werd ich je vermisst

Doch Schwächen werden uns vorgehalten
Schau: Der Irre ist doch krank
In der „Neuen Welt" bleibt alles beim Alten
Und dafür wollen sie noch Dank

Die Feuersbrunst will uns verbrennen
Trachtet nach jedem Tropfen Mut
Wer wagt, seine Liebe zu bekennen
Verliert sein ganzes Hab und Gut

Will weinen Freunde mit Euch allen
Will weinen um die ganze Welt
Ich sehe sie in sich zerfallen
Im Wettlauf um das liebe Geld

Ich kranker Mann kann nicht verstehen
Warum sich keiner wehren will
Sie sagen: Halt ! – wir bleiben stehen
Sie schreien uns an – wir bleiben still

Drum will ich weinen immerfort
Will, daß die Tränen überfließen
Von hier an bis zu jenem Ort
Wo aus der Wüste Blumen sprießen

Wo Liebeslilien und Hoffnungsrosen
Den Duft des Mutes in uns hauchen
Wo Liebende sich sanft liebkosen
Und dann ins Blütenmeer eintauchen

Dort will ich meine Wunden heilen
Will mich am Liebesduft berauschen
Will schließlich einen Moment verweilen
Und mein Seelenkleid austauschen

Denn hier bin ich scheinbar nur ein Spinner
Der nicht aufhört, die Welt zu lieben
Bin hier Verlierer, dort Gewinner
Bin aus dem Paradies vertrieben

Ich will weinen und nicht mehr aufhören
So daß daraus ein Meer einst werde
Will Euch mit Traurigkeit betören
Aus Liebe zu unserer Mutter Erde

Sie wird geschunden und ist am Bluten
Auch sie weint leise um uns alle
Weint um die Bösen und die Guten
Gemeinsam sitzend in der Falle

Ich kleiner Wicht bin so naiv
Noch immer zu glauben, wir haben die Chance
Denn nicht alles ist nur relativ
Das Zauberwort ist die Balance

Das Pendel schlägt nicht immer aus
Zwischen zwei extremen Seiten
Reißt irgendwann die Fesseln raus
Und fliegt dann in ungeahnte Weiten

Und wieder will ich mit Euch weinen
Will mich mit Euch ins Meer ergießen
Will dort in Eure Herzen scheinen
So dass sie alle überfließen

Ihr werdet Euch nicht wehren können
Die Macht wird Euch im Nu fortreißen
Ich werd Euch keine Zeit mehr gönnen
Die Herzen wieder zu vereisen

Die Wasser werden so hoch steigen
Daß keiner auch nur ahnen kann
Werde Euch das Wunder zeigen
Die Macht der einen Träne dann

Der eine Tropfen wird dann reichen
All die Feuer zu besiegen
Wird alle Berge aus Fels erweichen
Bringt alle Winde zum Erliegen

Weine mit mir und laß mich spüren
Daß diese Tage nicht fern mehr sind
Meine Trauer wird auch Dich berühren
In Feuer und Erde, Wasser und Wind

Wenn diese Träne das Auge verläßt
Weil die Welt vor Schmerz erblindet
Verlaß auch Du Dein warmes Nest
Hilf mit, daß der Schmerz verschwindet

Ich weiß es ist grausam und auch schwer
Sein warmes Nest so zu verlassen
Es ist so groß dieses Tränenmeer
Ich fühle mich hier so verlassen

Schwimmend in meiner Seelenvase
Umgeben von so viel Dunkelheit
Auf der Suche nach der Oase
Inmitten der Unendlichkeit

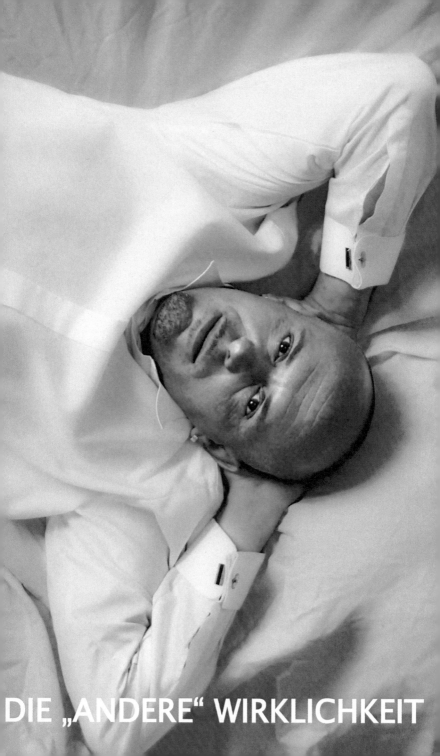

DIE „ANDERE" WIRKLICHKEIT

Seelenverwandte

Glaubst Du an die Liebe, fragtest Du
Nur bedingt, gab ich zurück
Doch in allem, was ich tu
Ist sie das einzig wahre Glück

Oft zeigt sie sich nur einen Moment
Und hält doch ein Leben lang
Sie ist wie ein Fundament
Sie ist Aufstieg und auch Untergang

Gibt es wohl ein Gegenstück
Von all den Menschen, die hier leben
Oder ist es total verrückt
Nach so etwas wie dies zu streben

Vor Ewigkeiten als eins geschaffen
Getrennt, um den anderen Teil zu finden
Um die Lücken, die in uns klaffen
Endlich schließend, sich nicht mehr zu schinden

Ein Trugbild, könnte man jetzt sagen
Illusionen eines schönen Traums
Doch wie könnte man sonst ertragen
Die Einsamkeit des ewigen Raums

Träum weiter, sag ich, schönes Wesen
Deinen Traum von Vollständigkeit
Sind die Wunden auch tief gewesen
So sind sie doch nichts in der Ewigkeit

Versöhnung

Noch lodern Wut und Haß in mir
Doch haben sie nicht mehr die Macht
Die Liebeskraft zu untergraben
Nicht mehr seit der heutigen Nacht

Deine Zeichen sind zu deutlich
Nicht mehr möglich, nicht zu sehen
Mit welch schöner Zielstrebigkeit
Liebende zusammengehen

Scheinbar ahnen wir noch nicht
Daß Pforten aufgestoßen werden
Engelsscharen kommen nieder
Hier zu uns auf Mutter Erden

Manches Gesicht ist noch verzerrt
Gefangen der Mensch in seinen Sorgen
Verliert er ständig mehr an Kraft
Durch den Gedanken: Was wird morgen

Er sieht nicht, daß wir heute leben
So viele noch stehen außer sich
Bitte gib auch Diesen Kraft
Bitte, bitte zeige Dich

In all der Pracht, die Dir zu eigen
Hab ich Dich in mir gespürt
Du hast Dich in mir eingenistet
Du hast durch Licht mein Herz berührt

Schenk mir Versöhnung wie schon so oft
Laß weiter Sonne in mich fluten
Laß meine Wunden weiter heilen
Du siehst, noch sind sie am Bluten

Du kennst mich zu gut, um nicht zu wissen
Daß ich es manchmal nicht ertrage
Diese Welt leiden zu sehen
Und weiter zähle ich die Tage

Im Wissen, Du bist längst unter uns
Zeigst Dich mal hier, mal bist Du dort
Selbst wenn es unglaublich klingt
Du bist niemals, nie wirklich fort

Brich sie weiter auf die Mauern
Die unsere Herzen gefangen halten
Schleich Dich weiter in uns ein
Befreie uns von all dem Alten

Pflanze in uns die Versöhnung
Damit wir den Haß besiegen
Und des Hasses Prediger
Niemals wieder „Kinder" kriegen

Hilf uns Gerechtigkeit zu schaffen
Trugbilder auch zu benennen
Die sie uns als wahr servieren
Hilf uns, diese zu erkennen

Dein Mond hat mir den Weg gewiesen
Hat mich geführt zu Deinem Stern
Öffne weiter Deine Pforten
Bring uns zusammen, nah und fern

Schütze weiter Mutter Erde
Sie ist`s, die uns am Leben hält
Damit wir weiter wachsen können
Bis hinauf ins Himmelszelt

Führe unsere Wege zu Dir
Versöhnung habe ich gemeint
Kinder des Lichts, kommt zusammen
Die eine Welt in Dir vereint

Gib mir Kraft

Gib mir Kraft mein Herz, Dich nicht zu täuschen
Deinen Weg beständig zu gehen
Ich möchte Dich nicht mehr enttäuschen
Möchte immer zu Dir stehen

Du bist die Quelle, aus der ich schöpfe
Will meine Seele an Dir erfrischen
Und will die Stimmen all der Köpfe
Allein für die Deinige wegwischen

Ich habe lange um Dich gebetet
Hab lang vor Deiner Tür gestanden
Ich hab mir immer eingeredet
Der Weg zu Dir ist stets vorhanden

In meinen Träumen sprach ich zu Dir
Du hattest stets einen guten Rat
Ich wollte auf den Weg zu mir
Doch nach den Worten folgt die Tat

Nun bist Du da und stimmst mich heiter
Du mein Herz und Mitstreiter
Falle ich, trägst Du mich weiter
Liebe – mein ständiger Begleiter

Traumwandlerisch

Ich bin ein Träumer, das weiß ich genau
Doch welche Träume auch immer ich bau
Es besteht die Gefahr, daß sie zerbrechen
Daß manche Träume sich an mir rächen

Vielleicht, weil nicht genug Liebe in ihnen steckte
Vielleicht, weil ich bei manchen Sehnsüchte weckte
Die ich dann doch nicht einhalten sollte
Vielleicht aber, weil ich gar nicht mehr wollte

Träume sind meine ständigen Begleiter
Sie sind Sprossen auf einer endlosen Leiter
Die mich irgendwann schließlich zu Dir führt
Mancher hat mich schon zu Tränen gerührt

Mancher hat mich ganz tief schon getroffen
Manchmal war ich vor Glück fast besoffen
Andere haben mich ganz traurig gemacht
Manchmal nehm ich mich vor ihnen in Acht

Doch immer, und daran glaube ich jetzt
Sind meine Träume mit Bedeutung besetzt
Führen mich weiter durch dieses Leben
Sie sind ein ständiges Nehmen und Geben

Traumwandlerisch sicher begleiten sie mich
Immer wieder auch sehe ich Dich
Wie Du auftauchst und wie Du mich leitest
Und mich sicher durch mein Leben begleitest

Cocktail-Laune (Dreitanz)

Zurückgelehnt, der Tag klingt aus
Ich wage mich jetzt aus dem Haus
Ne frische Brise weht ins Gesicht
Und treibt mir meine Sorgen aus

Ich schlender durch bekannte Straßen
Stör mich nicht weiter an den „Nasen"
Die mir so oft Launen vermiesen
Und laß mich nieder auf den Rasen

Leg mich hin – den Blick nach oben
Höre wie die Kinder toben
Träume mir den Sommer her
Bin mit ihm schon längst verwoben

Die Bilder zeigen mir den Strand
Dort, wo ich einst den Schlüssel fand
Mein Herz sich öffnete und ich
Den Weg begann ins Wunderland

Ich kann das Meer jetzt wieder spüren
Unter mir den Sand berühren
Nicht weit weg brennt Lagerfeuer
Das beginnt, meines zu schüren

In mir drin steigt Wärme auf
Ich nehm die Hitze gern in kauf
Steh jetzt am Meer – fang an zu tanzen
Und der Traum nimmt seinen Lauf

Ich erkenne klar die Chance
Mein Herz und Seele in Balance
Nun steigere ich die Tanzbewegung
Kurz darauf fall ich in Trance

Mein Körper im Gras – mein Herz im Tanz
Meine Augen verschlossen und doch voll Glanz
Habe ich mich dreigeteilt
Und fühle mich doch plötzlich ganz

Denn mein Geist sieht mich dort liegen
Sieht mein Herz den Tanz besiegen
Und schwebt dazwischen irgendwo
Kann davon genug nicht kriegen

Irgendwann dann meldet sich
Irgendetwas erinnert mich
Hinter all den vielen Formen
Stecke letztlich doch nur ich

Love Hunter

Love hunter, that's what I am to be
My eyes are dark, I cannot see
I'm on my way, back home to me
Drifting alone, within a dark sea

Can't you hear my crying voice
Brother, sister, daughter, son
I have to say this, have no choice
This call goes out to everyone

Everyone willing to hear
Look at me, still sitting here
Still keeping faith, still keep on praying
Come to my aid, is what I am saying

Love hunter, that's what I am to be
I'm lost within this endless sea
Can't you tell why, can't you tell me
Why we are still, still too blind to see

Too blind to see, this war is not ours
Why won't we change wheapons with flowers
And give them to enimies, as well as to friends
And watch than astounded how this fighting ends

It isn't that hard, it's more than easy
Warm up your heart, don't keep it freezy
Just lend a hand and together we'll see
Together forever, we'll be living free

Love hunter, that´s what I am to be
I´m feeling your soul-lights out there in the sea
For sure I say, don´t say maybe
It´s you I hope, it´s you I believe

Wind

Ein Säuseln in den Ohren
Die Musik der Welt im Bauch
Der Himmel wird geboren
Durch einen einzigen Hauch

Zeit, die Augen zu schließen
Den Blick zu richten in mich
Den Moment zu genießen
In Gedanken seh ich Dich

Der Wind streift meine Haut
Ich liege am Meer im Sand
Die Zeit hab ich mir geklaut
Und träume von Deiner Hand

Die meinen Körper streichelt
Erkundet ihn durch Tasten
An manchen Stellen schmeichelt
Sie mir dann am meisten

Wie schön doch, daß wir alle
Manchmal wie Kinder sind
Ich schick Dir in diesem Falle
Meine Liebe mit dem Wind

Die Liebe wird Dich finden

Glaub mir, mein Freund, so soll es sein
Es gibt Zeiten, da bist Du allein
Tief in Dir drin, da findest Du
Stille und auch innere Ruh

Bilder steigen in Dir auf
Bilder längst vergangener Zeit
Leben nimmt weiter seinen Lauf
Glaub mir, bald ist es soweit

Du hast schon so lang darauf gewartet
Bist immer wieder neu gestartet
Hast gebetet, gekämpft, gefleht
Daß sie endlich vor Dir steht

Nicht mehr lange, glaube mir
Kannst du es nicht schon längst selbst spüren
Macht sie auf die goldene Tür
Die ins verheißene Land Dich führen

Ein Lächeln hast Du schon gesehen
Gesandt um Dich vorzubereiten
Wird sie denn wohl mit Dir gehen
In diese unbekannten Weiten

Zweifle nicht mehr, sei frohen Mutes
Du hast erlebt schon so viel Gutes
Hör endlich auf, Dich selbst zu schinden
Glaub mir, die Liebe wird Dich finden

Backdoor entrance

I remember Eden days
When I could see your loving face
You set me in glory at your side
First time I felt that foolish pride

Anger grew within of me
I wanted more, wanted to see
What only you could grant to me
That's when I climbed upon that tree

Fallen was I, sent to space
Lost my glory, love and grace
Alone to face eternety
Without a hope of being free

Hate was born, replaced my love
Every time I looked above
The gates were closed, I stood outside
Alone with anger, hate and pride

Thousands of years out in the cold
Without a chance of becoming old
Finally hate had turned around
Myself I hated, that's what I had found

I kept on hating until I broke down
I threw away my foolish crown
That pride was it, I couldn't trust
I realized, that I was lost

Thousands of years again passed by
I was empty, couldn´t cry
Not for others nor for me
I was sure couldn´t be free

I had no faith nor could I pray
There was nothing I could say
Lost my last chance without a choice
Than suddenly I heard your voice

Welcome to the backdoor entrance
Welcome to the king of balance
Welcome home, you little one
Thank you, for the work been done

It took so long to realize it
It´s not dirty, legalize it
Love´s the name and six´s the number
Welcome home to your own old chamber

Welcome dear, couldn´t you see
You were always part of me
I am yours and you are my chance
To set alight this world in balance

Transformation

Wie Geburtswehen durchströmen sie mich
Wellen der Klärung in meinem Leben
Träume spenden mir helleres Licht
Indem sie mir weiter Hinweise geben

Wo sind die Bruchstellen, wo liegt´s verborgen
Wo sind Hindernisse auf dem Weg zum Morgen
Was muß noch getan werden, wo liegt noch Angst
Wo liegt die Kraft, wo der Mut Du kannst

Weiterarbeiten, einen Schritt nach dem andern
Vergiß niemals ich bin immer bei Dir
Du musst auch weiter die Schatten durchwandern
Auf diesem Weg – zurück zu mir

Danke, oh Herr, für die Verwandlung
Danke für jede einzelne Handlung
Danke für jedes einzelne Zeichen
Diesmal werde ich nicht mehr abweichen

Hab mich doch auf den Weg begeben
Liebe umhüllt mich wie Dein Schild
Leitet mich weiter in meinem Leben
Und ich bin weiterhin durchaus gewillt

Die Transformation zu Ende zu bringen
Mit Deiner Hilfe wird es gelingen
Die Wandlung wird uns alle befrein
Und wir werden alle wie Lichter sein

Scheinen wie Kerzen in Dunkelheit
Flackernde Seelen im Lichtermeer
Weiter im Weg der Ewigkeit
Danke, oh Herr, ich danke Dir sehr

Das goldene Zeitalter

Wir sind die goldene Generation
Wir stehen an der Zeitenschwelle
Die spirituelle Revolution
Erfaßt uns alle wie eine Welle

Die Macht des Wandels dringt in uns
Umspült wie Wasser unser Wesen
Bereichert uns mit Lebenskunst
Als wär´s niemals anders gewesen

Unsere Herzen sprießen auf wie Blüten
Unsere Seelen wachsen in das All
Die Engel kommen uns behüten
Begleiten Menschen überall

Die Erde häutet ihre Form
Transformiert die Energie
Schafft neue, nie gekannte Norm
Befreit uns von der Lethargie

Unsere Kräfte fließen ineinander
Verweben sich zu einem Netz
Wir wissen endlich voneinander
Positionen sind besetzt

Seelenfeuer brennen auf der Erde
Doch das zu sehen ist noch schwer
So daß aus uns Menschen endlich werde
Das lang ersehnte Lichtermeer

Unsere Angst hat jetzt ein Ende
Golden leuchtend in den Raum
Einläutend die Zeitenwende
Erfüllend unser aller Traum

Weltenspringer

Eine Brücke bin ich auf beiden Ufern
Die Füße im Nebel, der Kopf in den Sternen
Überall höre ich Stimmen, die rufen
Wie Geister, die all diese Welten schufen
In die ich gleite – unendliche Fernen

Ich kehre zurück und seh beide Seiten
Seh all jene Menschen, die mich begleiten
Die über und durch mich hindurchschreiten
Begegnungen, die mein Innerstes weiten

Menschen sind es, die Welten erschließen
Die mich anspornen und weitertreiben
Die die Felder der Träume begießen
Auf denen Blumen der Sehnsüchte sprießen
Erinnerungen, die für immer bleiben

Nun bin ich mal da und dann wieder dort
Lasse ein Stück meines Lebens an jedem Ort
Mal bleibe ich Jahre mal geh ich sofort
Und manchmal träume ich, ich wäre dort

Springer bin ich zwischen den Welten
Habe die Fühler in so vielen Sphären
Bereiche, wo eigene Gesetze gelten
Dort, wo eigene Gefühle Dich schelten
Dort, wo Wesen Dein Wesen ehren

Doch da ist noch diese andere Seite
Dunkel und mächtig – von so großer Weite
Das Tal der Schatten, das ich durchschreite
Wo ich nur selbst meine Ängste begleite

Sie fallen mich an, dann lassen sie ab
Dämonen der Dunkelheit, Friede sei nun
Einst kommt ihr wieder, gesammelt zum Stab
Wenn man mich bettet in mein irdenes Grab
Gebt auch ihr Zeugnis über mein Tun

Ihr seid dunkle Leinwand für das innere Licht
Ohne Euch verstehen wir es nicht
Wie aus dem Funken Feuer ausbricht
Die zweite Waagschale des Gottesgericht

Die Brücke, sie weitet sich tief in mir drin
Ich bin sie – begeh sie – und reiß sie nieder
Ich geh bis zum Ende, dann zum Beginn
Der ewige Kreislauf hat seinen Sinn
Ich lebte – war tot – nun bin ich wieder

Weltenspringer II

Die eine Seite, auf der ich stehe
Ist nicht besser, als die andere Welt
In der ich ebenfalls Runden drehe
Bin hier mal „loser", dort mal Held

Schließe oft die Augen, hab genug
Chaos angerichtet in meinem Leben
Hatte wahre Liebe und auch Selbstbetrug
Habe viel genommen und gegeben

Meine dunkle Seite fordert oft Tribut
Läßt manchmal meine Liebe erfrieren
Dann schreit die Seele oft: Ist gut
Brauchst Dich Deiner nicht genieren

Ich wechsle oft mein Stimmungskleid
Bin oft voll Freude und hab Spaß
Doch dann erfasst mich tiefes Leid
Versinke in bodenlosem Faß

Yin und Yang und Schwarz und Weiß
Hell und Dunkel ergänzen sich
Das Feuer in mir drin brennt heiß
Doch Deine Wasser löschen mich

Die eine Seite ist nicht allein
Nur durch die Spannung lebt sie sich
Beide helfen mich befrein
Auf dem Wege zu meinem Ich

Die Reise

Gewählt hab ich, hier Mensch zu sein
Entschieden für diese Welt allein
Sie zu lieben und zu ehren
Durch Liebe mich selbst zu befrein

Gesegnet seien alle Zeichen
Die mich hier durch Dich erreichen
Ich träum mich weiter an den Ort
Laß das erfrorene Herz erweichen

Wunder geschehen immer wieder
Engel kommen hier hernieder
Lächeln all die Menschen an
Und flüstern uns die Himmelslieder

Die meisten können wir nicht sehen
Warum, können wir nicht verstehen
Doch fallen unsere Lasten ab
Wenn sie an uns vorübergehen

Sende uns weiter Deine Boten
Laß weiter das große Meer ausloten
Das Meer der Tränen weiter steigen
Die Feuer des Hasses überfluten

Laß bitte die Winde der Freiheit wehen
Laß uns Menschen zusammenstehen
Wenn all der Zorn vorüber ist
Laß uns wieder in den Garten gehen

Ich vermisse ihn, den schönen Garten
Wir stehen hier, beten und warten
Daß Du die Pforten wieder öffnest
Und wir die Reise endlich starten

Eine Reise ohne Anfang noch mit Ende
Wir stehen an der Zeitenwende
Auf Mutter Erde wird der Kampf gefochten
Alles andere ist Legende

Nimm mich mit auf diese Reise
Ich bereue nichts in keinster Weise
All die schöne Zeit hier unten
Doch Adieu sag ich jetzt leise

Für Dich, mein Freund

Lieber Freund, es ist eine nie endende Reise voller Überraschungen und Wunder, vieler Sackgassen und Einbahnstraßen – Oft denke ich:

Wieso nur müssen wir Menschen durch so viele Prüfungen und Schmerzen hindurch???
Und dennoch schimmert tief in mir immer wieder dieses Licht und erreicht mich durch diesen ohrenbetäubenden Lärm dieser verrückten Welt diese unsagbar sanfte Stimme, die mir sagt:

Mach weiter! Gib nicht auf! Deine Zeit ist längst da!

Glaube weiter an das, was Dich bis hierher getragen und Dich die ganze Zeit behütet und geleitet hat!!!

Und in diesem Moment lässt sie mich DIR sagen:
Auch Du bist nicht allein und warst es auch nie!!!

Venceremos!!! No paseran!!!

In Freundschaft

Vedat

Kurzbiografie

Mein Name ist Poyraz, geboren wurde ich als Vedat Sen am 30.10.1968 in Istanbul in der Türkei und wuchs in Bietigheim-Bissingen auf. Ich lebte immer im Spannungsfeld der beiden Kulturen, Religionen und Sprachen mit denen ich aufgewachsen bin. Ich begann im Alter von etwa 17 Jahren songtexte und Gedichte zu schreiben, zunächst fast ausschließlich in englischer Sprache, später dann immer mehr auf deutsch und auch türkisch.

1990 erkrankte ich zum ersten mal an einer bipolaren Störung, auch manisch-depressive Erkrankung genannt. In der Folgezeit hatte ich mehrere Krankenhausaufenthalte. Das Schreiben hat mir immer wieder geholfen, meine Gefühls- und Gedankenwelt neu zu sortieren und jedes Mal wieder von neuem anzufangen, auch wenn ich immer wieder am Boden zu liegen schien. Im Jahr 2001 erschien mein Erstlingswerk „Der Scorpion auf der Brücke", ein Gedichtband im Eigenverlag mit Unterstützung des Ludwig Stark Verlages in Bietigheim-Bissingen.

Heute wohne ich in Asperg, bin geschieden, habe eine Tochter und einen Sohn und lebe in einer sehr glücklichen Beziehung.

Ich freue mich sehr auf Reaktionen auf dieses Buch. Auch Bestellungen weiterer Exemplare von diesem Buch könne über diese e-mail Adresse erfolgen.

e-mail: vedat.sen@web.de